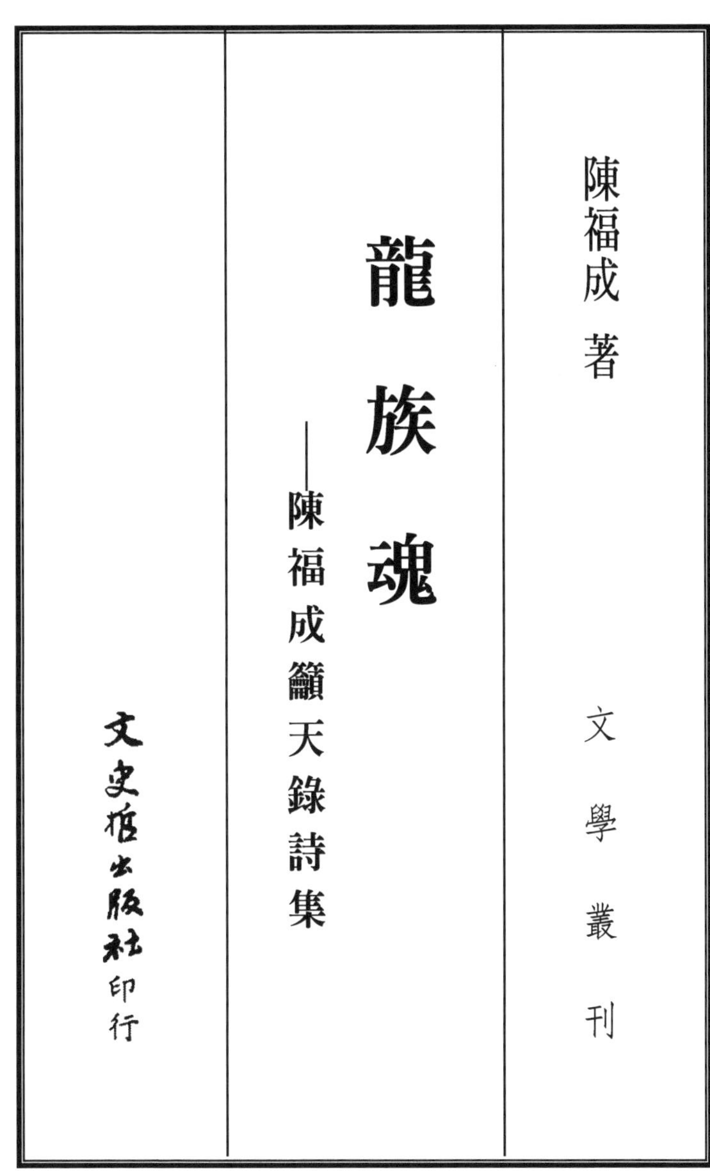

陳福成 著

文學叢刊

龍族魂

——陳福成籲天錄詩集

文史哲出版社印行

國家圖書館出版品預行編目資料

龍族魂：陳福成籲天錄詩集／陳福成著.
-- 初版 -- 臺北市：文史哲出版社,
民 110.09
頁； 公分.--（文學叢刊；443）
ISBN 978-986-314-568-4（平裝）

863.51　　　　110015295

文學叢刊　443

龍族魂

陳福成籲天錄詩集

著　者：陳　福　成
出版者：文史哲出版社
http:// www.lapen.com.tw
e-mail：lapen@ms74.hinet.net
登記證字號：行政院新聞局版臺業字五三三七號
發行人：彭　正　雄
發行所：文史哲出版社
印刷者：文史哲出版社
臺北市羅斯福路一段七十二巷四號
郵政劃撥帳號：一六一八〇一七五
電話 886-2-23511028 · 傳真 886-2-23965656

定價新臺幣三八〇元

二〇二一年（民一一〇）九月初版

ISBN 978-986-314-568-4　　10443

序詩一：龍族魂・中國夢

龍族有一個夢
代代龍傳人實現過
又失落過
夢也從未斷過
這個夢
我們做了五千年
曾經失落與迷茫
但從未放棄

走過失落的百年
我們再次醞釀
動作要慢，不急於出頭
醞釀實現中國夢

告慰龍族魂

龍族魂醒了
真的清醒了
血液在神州大地澎湃
要延續千年之夢
創造繁榮、統一和富強
這就是中華民族的復興
中國夢的實現
人類命運共同體的彰顯

正在十四億龍傳人眼前呈現的
不是白日夢
是我們共同正在做
每一個人的夢之總合
所以中國夢是
每一個龍傳人的夢
睜開眼，我們安全工作

幸福成家立業
這是已經實現的夢

雖有西方白種妖獸
重組「新八獸聯軍」
企圖阻止龍族之統一
放心，今之龍族戰力
足使牠們有來無回
只要新時代的龍傳人
清醒、團結
全面實現中國夢
在眼前、不是夢

台北公館蟾蜍山　萬盛草堂主人　陳福成
誌于佛曆二五六四年　西元二〇二一年七月

序詩二：弔南京大屠殺死難同胞英靈

我舉春秋巨椽
弔民誅倭
天人同悲的慘絕大屠殺
不能走入歷史
要走入中國民心
我以熊熊烈焰的熱情握春秋筆
閃耀著焱焱燭花
是祭奠同胞英靈永恆不息的燭淚

淚，流自一九三七年十二月十三日
南京城來了一群魑魅魍魎化身的倭獸
古稱倭寇　今稱小日本鬼子
實際上是人類退化後的類人

吃了熊心豹子膽
竟說消滅中國是他們的歷史使命
明萬曆朝鮮戰、甲午戰、八年抗戰、二戰
全亞洲死人三億

三億亡靈向誰討回血海深仇
草鞋峽屠殺的亡靈仍在喊冤
江東門活埋的靈魂喊著要回血債
那冤、那仇、那債
是中國歷史永恆的痛
仍痛在廿一世紀十四億人民心中
痛，痛那債要不回來
痛，痛人間的公平正義何在？

我手握春秋筆，以春秋史官的良心如是說
債，是一定要拿回來
仇，也一定要報
廿一世紀的中國人有一個天命

必須要完成的天職
為全亞洲除禍害，除滅倭魔
北海道、東京、大阪、本州
各送一顆核彈　能滅七成倭魔
倭島收為中國版圖　改設
中國扶桑省

用現今七成倭魔生靈
弔南京大屠殺同胞英靈
祭奠三億死於倭魔的亡魂
很公道、很便宜、合人權
倭魔的存在是進化論的錯、世界的錯
是中國人最大的錯
中國春秋史官如是說

龍族魂：陳福成籲天錄詩集

目次

輯二 地瓜島籲天錄

輯 三 龍族魂：喚醒、崛起與天命……一二九

輯五 等待轉世的日子

輯　一　如是我見
二〇二一年地瓜島人禍
記實詩寫

人見人怕

現在這個時候
不怕妖、不怕鬼
就怕人
老遠看到一個人走來
像一個巨大的毒物
快閃一邊

這世界突然變了
人與人之間
不能親近
都得拉開距離
愛的最新定義
是離我遠一點

空氣中有毒

想不到
空氣中竟有毒
無聲無息
無色無味
就佈滿了地球
千百萬億生靈受到毒害
去報到的人越來越多

殯儀館、火葬場
忙死人
各醫院、醫生、護士
忙死人
科學家在實驗裡

忙死人

研究病毒從何而來

當人類從地球上消失

原本以為只是科幻
或科學假設
現在似已成真
大街小巷空無一人
城市商場寂靜
人真的不見了

人不見後
其他生物來了
小鹿、羊哥、白兔、猴兒……
猩球崛起
是真的
地球也該牠們當家了

無風之風暴

這場風暴
沒有風
但人類快被刮垮了
航運、海運、商場、市場……
三百六十行
全被刮得抬不起頭

關門、打烊、破產
才能避開風暴
把人全關禁閉
在人心中引起另一種
也是風暴
發神經

雪和血

血已不壯烈
雪亦不浪漫
許多確診者
突然變天
家裡下起一場大雪
等待救援

許多確診死者
突然就走了
家人心中在流血
這無常的世界
雪和血
隨時會找上你

突然荒蕪了

教堂裡
上帝與眾神也嚇跑了
人哪敢來
放眼看去
人類早已移民到火星
我是最後一個地球人

再回眸
不忍看這突然的荒蕪
蟲魚鳥獸已重新奪回地球控制權
人類的荒蕪
是其他所有生物的繁榮
我放心的趕往火星

打疫苗

這場沒有火藥的戰爭
戰場無所不在
人人都得參戰
不論年紀性別
誰都跑不掉
只是不打敵人

不打敵人
要打疫苗
死亡率是九生一死
比二戰時的九死一生好多了
大家都有機會當烈士
你打或不打？

變種病毒

新寇病毒進入地瓜島後
先異化
再醒釀變種
加入胎毒要素
產生兩種新病毒
妖女病毒和魔男病毒

兩種病毒都採用
意識形態防疫法
圍困全島
各國都在防疫
地瓜島的妖女和魔男
全力防疫苗

六百人命不如一狗

確診者排出倒海而來
蔡氏妖女
不聞不問
不理不睬
死人六百
她不聞問、不理睬

美帝頭目板登死一狗
她發文悼念
這是何種邪惡心態
地瓜島人竟無言
寶島毒化成魔鬼島
人命不如狗命

第三次世界大戰

不用飛機、大砲
沒有軍艦、坦克
也不丟核彈彈
所有國家都全力動員參戰
都打的人仰馬翻
犧牲慘重

這回的世界大戰
敵人和鬼一樣
無影無蹤
無質無量、無色無味
隨時入侵你的國
殺死一堆人

關禁閉

宇宙突然縮小
小如量子
人整日裡關在量子裡
看不見天空的藍
光進不來
呼吸也感困難
快發瘋了

生物會自己找到出口
意識擴張後
化成一條蛇
進出宇宙的黑洞
黑洞讓人得到滿足

洞裡水聲潺潺
人被關而不發瘋

地瓜島的新物種

地瓜島的演化舞台上
出現新物種
是謂新生代
沒腳沒根
總是漂浮著
沒頭沒腦
就被牽著走

他們活著，只是活著
疫情來了，就來了
走了，就走了
人死了
就死了

反正自己還活著
地瓜島還在

走得好寂寞

病毒來到地瓜島
突變成妖女病毒
整死一堆地瓜族
又規定必須乘限時列車
兩天內要過奈河橋
過時不候

朋友不能相送
親人連最後一面也沒見到
這人間孤寂又無情
不如去地獄
寡人趕車要緊
千山獨行不必相送

寫作可以抗疫

地瓜島的領導們
心存邪念
硬是把疫苗拒於門外
怎麼辦
大家都不想死
日頭炎炎隨人顧生命

我有個大發現
寫作可以抗疫
你躲在書房裡筆耕
病毒不可能破窗而入
人人在書房躲三個月
全島病毒死光光

病毒有個性

研究確診和死者
我發現
病毒有個性
初期和美帝一樣
專欺侮弱者
老人家就倒霉

不久有了變種
個性很古怪
就愛吃小鮮肉
年輕人倒霉啊
據説最新變種來了
愛吃美女

病毒的使命

求生仍眾生之本能與權利
我等病毒亦是
在時空因緣成熟時
繁榮登場
來到你的國度
找尋住宿和能源
為完成使命
少不了與貴國一戰
你們要留住青山
我等要自我實現
人類的確診數和死亡數
就是我等病毒國的GDP

在無人的世界告別

躺在小屋裡兩天
全球荒蕪
世界已然無人
我是最後一個地球人
在恍惚中漂浮著
就為自己辦一場
無人告別式
場子空空
夢也空空
所有東西都不打包
就這兩日吧
讓歲月自然劃下句點

死神比人多

地球上現在死神比人多
大街小巷死神擠死神
所以不見人
躲死神躲得遠遠
但無論你怎麼躲
死神總在你身旁

你躲家裡
死神站門口
讓你一開門心就慌
去買個菜
好像死神就在攤位上
仔細看死神在你四週

六百死難者

解放軍還沒武統
地瓜島平白無故死了六百人
死者日日增
領導們用謊言治國
超前部署
他們的逃亡退路
用意識形態抗疫
拿地瓜島子民
活人獻祭
致西方妖獸
以獲取所要政治利益
六百個死地瓜
只是初夜的初獻禮

火焰裡伸出雙手

突然就死了
死得不明不白
不清不楚
完全不是蔡氏說的那樣
不甘心啊
未經同意就要一把火燒掉
掩滅殺人證據
火焰裡伸出一雙雙手
誓不成灰燼
長嘯籲天
神啊救救地瓜島

戰火在醫院燃燒

地瓜島的現代戰場
在醫院
死的傷的佈滿大地
哀鴻遍野
死與未死者
都發出哀的美敦書

這裡是克里米亞戰地
或淮海戰場
醫生護士固守第一線
進行敢死任務
誓將戰火關在醫院
消滅之

封城

地球突然老了
走向平行宇宙
暮色淹沒最後的殘陽
不見人影
這世界太孤寂
孤寂得風也不想流動
因為密不透風
透風必死
城乃被封得更緊
永不開封

飛揚的灰燼

燒了，燒了
火葬場大排長龍
燒得很快
很快化成一把灰燼
靈魂乘風而飛
熟悉的聲音
越來越遠
飛向天際
回首看看等待火化的人
大家都怨氣衝天
到底那妖女是誰
為何製造災難？

現在不能死

什麼時候死都可以
就是不能現在死
現在死不能開追悼會
不能見老友最後一面
太寂寞了
又規定兩日內火化
太沒情理
再急
也不能急死人
大家要撐住
現在絕不能死
死亡的事以後再說

向妖魔抗議

妖魔給地瓜島帶來災難
地瓜人向妖魔抗議
抗議這麼多年了
如狗吠火車
這些妖魔有人性嗎
牠們有在聽你們抗議
一邊聽著
一邊吃你的肉
搬走你的錢
喝你的血
配一瓶冰啤酒
希望你抗議再大聲些

關禁閉喝咖啡

被關了幾十天
若不找一葉夢幻浪漫
不死也半條命
喝一杯咖啡
想著這病毒
如三月江南煙雨
讓心事冒煙
別理門外有死神
死神若進來
也請他喝一杯咖啡
偶爾浪漫
也是苦悶人生的解藥

無聊的日子

每天聽著疫情指揮中心
殺人兇手和助理們
報告今天病毒沒喝酒
很不高興
所以搞得多少確診
搞死多少人
冤有頭債有主
病毒也要過日子
大家都無聊
只有殺手和助理不無聊
手握財富與權力
永遠不無聊
他們越忙眾生越無聊

兩點，死亡來敲門

每天下午兩點一到
死亡就來敲門
告訴你
這是一場死亡預演
人人都要有所準備
準備上路
不是嚇人的
都有明確數據
非常科學
凡事都要預備和練習
你有所準備
就不怕死亡何時來敲門

拿什麼對抗死亡

這陣子死亡天天來敲門
下午兩點一到就來
真是吵死人
定要想辦法對抗他
我誦一段《心經》給他聽
色不異空，空不異色
色即是空，空即是色……
無老死，亦無老死盡……
尚未誦完
死亡已逃向天涯
你不怖於死亡
死亡就怕死你了

現在的我

說你不信
現在的我早已建國
每天在自己的國度裡
當國王
過簡單而內涵豐富的生活
輕食而營養
泡一壺好茶
睡好覺做大夢
不理會外面的風雲
只提筆寫春秋
我的生活
我的天下
朕說了算數

電視有鬼

每到下午兩點
電視有鬼
不管逆時鐘或順時鐘
都看不到影子
說些無質有量的話
鬼話，誰聽？
大白天裡
感覺不到陽光和溫暖
對了，鬼沒有體溫
這又讓人大大的懷疑了
為什麼掌權的
高居大位的
都是鬼
人都去了哪裡？

末日景象

地瓜島上的鳥都不見了
孤寂的暮色
對著島嶼述說內心的感傷
最後的落日
拋下荒廢的城市
和一句話
以後不早朝
蟲魚獸類等準備要住新家
所有的植物磨刀霍霍
要佔領人類的城鎮
此刻的人類都簽了降書
自動降格為類人

地瓜島上的神去哪裡

地瓜島上諸神眾多
上帝、耶穌、瑪麗亞、
媽祖、關公、玉皇大帝……
佛陀、菩薩
為何任由妖女、魔男等
搞垮地瓜島
任由人民沈淪
誰來救救地瓜島
我知道
佛在西方講經趕不來
菩薩在南海處理妖獸入侵
關公還在忙著北伐嗎？
眾神都去了哪裡？

一縷夜風

地瓜島到底怎麼了
晚上睡覺門關的緊緊
縫罅有什麼在鑽進鑽出
不是病毒
就是鬼魂
或妖女魔男
三更半夜的偷偷摸摸
大夏夜
卻襲來一股寒意
這一縷夜風暗示了什麼
莫非島嶼沈淪
已到了海底深淵

最近老是看到鬼

這個世界反了嗎
為什麼最近老是看到鬼
一出門
鬼影幢幢
打開電視更不得了
全是鬼族
魑魅魍魎妖魔鬼怪
鬼話連篇
都說心想什麼
看出去就是什麼
明明我心中住著佛
為什麼老是看到鬼
定是地瓜島出了大問題

後疫情時代

所有一切毒與非毒
都逃不過時間的追殺
經兩個月清理
大家期待的後疫情時代
終於快到了
最期待的是
那些鬼都回去地府
妖女魔男也被佛祖回收
這個島嶼
就歸還給人吧
眾生也都期待電視裡
能有說人話的

我出去一下

現在草木皆毒
人人怕死
關久了也悶死
我偷偷的
出去一下
壓低身子別被鬼發現
帶好口罩加面罩
神不知鬼不覺
避開燈光人群
辦好了事
乘人尚未回神
化成一陣夜風
從門縫進來

書房之外很黑

朝代的末世
已經示現
書房之外很黑
小島不可為
天下已亂
所有的魚爭著吸一口氣
眾生都要顧自己的命
找個不黑的地方
躲在書房
天垮下來有房子擋住
外面太黑
不要出去

現在的地瓜島

自從這些人類中了胎毒
就退化成類人
天天鬼話連篇
養一批網軍
把妖女化粧成聖女
將魔男說成聖人
指鹿說馬
凡不同意的全都打成
牛鬼蛇神
鬥臭、鬥垮、鬥死
或者安排他
跳樓自殺
這是現在的地瓜島

這是什麼心

地瓜島上萬千眾生
在水深火毒中掙扎
她，不言
確診上萬人
她，不語
死了幾百人
她，不理
國之賢相死了
她，不睬
美帝頭目死一狗
她發文悼念
這是何樣邪惡的心態
十八層地獄中
找不到這種心
這是什麼心？

愛都死了

地瓜島上的愛死光了
因為領導不愛
愛不是被害死
就是被網軍殺死
很多的愛
橫屍遍野
火葬場來不及燒
棄愛於街頭
無人哀悼
各種愛都死了
怨氣糾纏著島嶼
死了的愛不肯安息

無根的地瓜

這顆地瓜的根
被活生生的拔走
幾乎斬掉了命
成了一個要死不活無根的地瓜
無根地瓜又生無根地瓜
一堆無根地瓜
時而漂東
偶而漂西
或向南靠一點
也向北找出路
幾十年了
四週有路
沒有一條可以走
苦命的無根地瓜

一塊地瓜

就是一塊地瓜
能有多大
其實很小
又被切成許多塊
每塊都在流血
被人棄如敝履
過路的大款
不發慈悲
還極盡輕蔑之能事
每塊地瓜
雖千瘡百孔
仍極有自信的
膨脹成比天大

等待沉沒的島嶼

人與天意的緊密合作
創造天災人禍
地球發了大脾氣
體溫升高
冰山崩裂
海水長得越來越高
吞沒許多小島
地瓜島上的勇者
不知生死
管他海水來不來
統治者先把島搬空再說
剩一座空島
沉沒了就沉沒

受傷的島嶼

各種顏色的語言
磨成利刀
一把把刺入島嶼的心臟
島嶼斜臥
救命的呼喊堵在喉頭
綠色的妖女
黑色的魔男
抽光島嶼的血
島嶼半死不活叫著
有人向西方報案
有人向東方報案
到底叫誰來救
各方相持不下

輯 二 地瓜島籲天錄

勿使人界妖魔化

宇宙天地
三界眾生
有白天，有晚上
白天的光明正大
夜晚之暗黑
都是自然法則的分配
各方都要尊重
白天不會佔領黑夜
黑夜也不能將白天
全部搞黑

宇宙眾生
神、人、妖魔鬼怪

都有生存權
各方要相互尊重
神有神的國度
人有人的世界
妖有妖的領域
魔有魔的地盤
地獄眾生也要過日子
就讓大家展演
生物多樣性吧
大家都可以自在生活
一切隨順因緣法

不要把白天全都搞黑
勿使人界妖魔化
把妖女轟回地獄
魔男轟回魔界
胎毒集團轟回無間地獄
求出無期

廢妖魔同婚法
給人界、地瓜島
一個乾淨的生活大地

兩座詩電廠

核四死掉了
但有兩座詩電廠
誕生了
兩座強力詩電廠
電力穿透時空
以詩之戰力
對妖魔鬼怪進行
大決戰

兩座強力詩電廠
一座由電影人蘭觀生主持
一座由大詩人台客經營
電廠發出強力輻射

專殺漢奸賣國賊
也斬妖屠魔
那可愛的光
溫暖著人民的心身靈

致義雄

斗笠哥林義雄
致力反核
核一二三四都反
你誓死反核
但，你現在怎麼不反了
為了小英
你寧可吃核災毒品
也毒死一堆呆丸郎
小英小英啊
阿雄為妳換了腦袋
妳知否？
我反倭人核食

毒害呆丸郎
禍害萬年
都死光了
沒有統獨之爭
也是一利
阿雄你不反核食進口
原來有這樣深遠的算計
真是誤會你了

向衆神狀告妖女

我向眾神告狀
人間出現一極邪惡女魔頭
名空心菜
無心而能活
顯見其多麼邪門
人世諸重罪
邪淫偷盜騙搶貪等
全都犯了
現在又犯了一重罪
崩解了大自然法則的
婚姻制度
在空心菜操弄下

一夫一妻制違法了
一男一女組家庭也違法
她聲稱
兩男交配是正常
兩女交媾是王道
眾神啊
回收這個妖女吧
叫她不要破壞人間正常婚姻制度

勿使地瓜島物種滅絕

大自然裡
物種多樣繁榮茂盛
都是陰陽互抱
雌雄交合的結果
所以人類由男女共組家庭
乃合乎自然之美

今地瓜島有一種妖獸政策
宣揚公的和公的交配
母的和母的交媾
大街小巷光天化日下
公公、母母
公然公開就幹了

地瓜島沈沒
而人心沈淪

沈淪墮落的地瓜島
已失龍族文化
更使全島人類
退化成類人
地瓜島儼然魔鬼島
群妖公然就地交配

公公、母母
要怎麼搞
怎麼繁殖下一代
要搞下去
地瓜島將成無人島
成為地球上第一個
物種滅絕之島

向耶和華狀告妖女

空心菜出賣了地瓜島
胎毒禍害千萬年
倭人核災毒食
美牛毒豬
都將導致地瓜島沈淪
物種滅絕

這些妖女魔男
諸種罪惡
我已向佛陀、地藏、觀音等菩薩說了
聽聞空心菜信耶和華
我怕，仙界不同國度
恐無手機電話

亦無飛機車船
或言語不通
難以連繫
特向耶和華呈一狀紙
狀告妖女諸種罪行

因果乃各界通則
不同世界，因果相同
她造罪惡
因果自會制裁

我為萬全故
又為急於挽救地瓜島
使島上眾生
早脫苦海
還是向耶和華再報告
求耶和華
約束這妖女

叫她不要造惡
要拒核食毒豬肉
她若一意孤行
早早將她回收

耶和華若能為地瓜島除害
地瓜子民感恩
信你的人必更多
相信佛陀和耶和華都是一家人
甚至同一人
只因不同環境
示現不同身像
定能收到我的狀告
圓滿處理
給人間子民一個交待

雷公點心（台語發音）

地瓜島生出很多雷公點心
雷公愛吃的點心
都是中了胎毒
吃起來刺激
狠心狗肺的味道
不仁不義的體質
外表像人
妖魔的心
雷公點心怎會在地瓜島
妖女和魔男交配產下的孽種
在地瓜島壯大

雷公啊！把點心吃了吧

吃了這些孽種
世間回復乾淨
地瓜島也清涼
吃了，把點心吃了
地瓜島的公平正義
就都回來了
所有地瓜都感謝雷公
雷公萬歲萬歲萬萬歲

核彈詩

真是道高一尺
魔高一丈
地瓜島果真被妖魔佔領
且全面妖魔化
妖魔化政治
社會妖魔化
妖魔化人心

吾不信
吾等一群戰友決心革命
以詩革命
研發一種詩核彈
一顆就能替天行道

真是好用的終極兵器
用詩核彈
轟炸妖女魔男
可以挽救地瓜島

可怖的核食物

從倭國進口的核食物
三界最可怖之毒品
生物食之
得千百種怪病
絕症、死症、怪症
無症不有
令人半死不活
更使人絕子絕孫

核食進入地瓜島
全部隱形化
化身養生極品
大家莫名其妙的吃

莫名其妙的病
不知不覺的死
仍在感恩是誰引進的仙果
那雞豬蟲魚鳥獸也不吃
毒害眾生而無覺
大家一起絕種

核食之毒無所不在
在廚餘
在中毒已死的遺體
在眾生屎尿裡
毒化地瓜島大地
毒土毒水毒菜毒山林
陽光空氣亦毒
毒入基因
代代遺傳

可怖啊！可怖

核災食物
子孫百代全有毒
毒地瓜
終於地球也中毒
毒害了溫柔的月光
毒害了熱情的陽光

神啊！救救地瓜島
叫那些妖獸
不要進口核食物
把妖獸回收
送回妖魔界
不要在人間作亂

詩人的能耐

在所有物種中
詩人的能耐最強大
可謂無所不能
移山填海
顛倒乾坤
乃至另立乾坤
在詩人筆下都能輕易完成

把詩做成一顆
核彈詩
是目前兩岸詩壇最熱門的作品
所有的詩人
男詩人女詩人

都在製造核彈詩
用核彈詩炒空心菜

炒的太兇太猛
炒得空心菜
如熱鍋上的螞蟻
她翻來覆去
顛三倒四
炒的她受不了

無數核彈詩
吵死她
地瓜島就有救了
再吵下去
所有妖獸都受不了
受不了
就回到妖魔界
地瓜島成淨土

空心菜和夭獸都在掙扎
要全力反撲
核彈詩再炸再操
操、操、操
這招也管用
彈彈懆懆
懆得憂鬱症
就沒心思賣台
地瓜島有救了
全民都是詩人
全民製造核彈詩
自己的島自己救

妖獸賣了什麼

自從地瓜島眾生
中了胎毒
就開始妖獸化
妖獸把龍族祖宗的寶貝
有三皇五帝傳下來
有炎黃老祖傳下來
有孔孟李杜傳下來
傳下來無數寶物
一個個賣了

連自己的祖宗傳下來
父母傳下來
都賣了

祖宗牌位
早早就賣了

全都賣了
這些敗家敗族的妖獸
還想找東西賣
剩下靈魂
就賣吧
不夠揮霍，賣良心
賣眾生也可以

妖獸左思右想
還有什麼可賣的
一座地瓜島很值錢
賣了沒人反對
所有的地瓜都沒意見
不得不說地瓜郎
真是乖

他們不是乖
而是全中了胎毒
三界之中找不到解藥的
意識形態之毒

能賣的都賣了
妖獸還能賣什麼
對了，靈魂和良心賣了
還有肉
問題是中了奇毒的肉
有誰會買？

以詩滅毒

妖獸可以不要臉
地瓜要臉
妖獸無心，卻傷人心
無心肝，能傷人心肝
這就是胎毒現象
地瓜島中了胎毒
便妖獸化
得找到滅毒方法

研究胎毒基因序列
來自西方妖獸白種族
或吃了倭人核食
本屬龍族地瓜

紛紛變種
變得下流無恥
不仁不義、豬狗不如

原來如此
以李白杜甫的詩
調入龍族文化
可以滅毒
不信的可以通過實驗檢視
誰能使妖獸有孔孟之仁心
或能誦念李杜詩句
妖獸體內的胎毒乃日逐淡化
持之日久
再讀孔孟詩書
筆者打賭一杯咖啡
妖獸即非妖獸
此即詩教

是故，欲救地瓜島
卻去胎毒
消滅妖獸
要在地瓜島推行詩教
教以孔孟詩書
便可以詩滅毒

孔曰成仁
孟曰取義
讀聖賢書，所學何事
若誰能在地瓜島推行詩教
因果帳上是第一功勞
必得大福報
功德無量

地瓜島上第一核彈詩人

宇宙間各物種
詩人能耐最強大
眾多詩人中
以地瓜島第一核彈詩人台客
有最強大的詩威力

台客的詩
由龍族五千年之元神煉成
內涵宇宙洪荒之力
又有三皇五帝之神髓
秦皇漢武之氣魄
孔孟李杜的詩意象
因而台客的詩

有核彈的威勢
台客核彈詩一出
亂臣賊子懼
妖獸怕得尿褲子
致地瓜島上的漢奸敗類
都躲入地府避難

何時引爆核彈詩

現在世界各強權
擁核自重
這是當然
有核者必重
大家都不敢引爆
以免相互保證
各方滅亡

誰是詩壇上的強權
也必擁核自重
能寫得出核彈詩的詩人
當然就是強權
放眼地瓜島詩壇

台客的核彈詩乃唯一超強
他也不敢任意引爆
只備而不用

暫勿引爆
一者警告地瓜島這些胎毒妖獸
警告出賣祖宗的奸惡
警告出賣靈肉的媚倭者
再者，如其一意孤行
轟、轟、轟！
轟死那些妖獸
使地瓜島成戰場
戰場最熱鬧
可以誘發王師來征
地瓜島便有救了

所以，地瓜島的詩人們
唯一強權台客

大家加緊提筆
製造詩核彈
備而不用
待機引爆
轟死那些胎毒
亂臣賊子懼
妖獸全躲回魔界

如是者
詩人之春秋大業完成
春秋大義得以彰顯
龍族一統之夢
完成實踐
詩人們予有功焉

台客的核彈詩

古來詩壇如武林
各大門派
展演不同的集體夢幻
引爆各大高手
佈局決戰擂台
或各自建黨
打團體戰

地瓜島上第一核彈詩家
台客，曾是島上五大門派中之超強
葡萄園主持人
因為他要進行另一種修煉
自創獨孤詩風

研發出一種颱風級高度的詩
史稱「核彈詩」

如何形容核彈詩
聽起來似遠在天涯
觀之亮如明月
握之如刀
拈起一首詩如流星
詩風婉約像一隻蝴蝶
其利如寶劍
他在市場上引爆一首詩
亮度如一顆核彈爆炸
向四方輻射之威勢
穿透天涯路

台客核彈詩驚爆八方
八方風雨會中洲
都來問道請益

核彈詩作何用途？
曰：專治妖獸、妖女魔男等
核彈詩有眼睛
不轟炸慈悲仁者
專為地瓜島量身訂製

地瓜島年輕世人
因全中了胎毒
島內妖獸勾結西方妖獸
全島被妖女魔男控制
企圖另立乾坤
導致地瓜島沈淪
如何救地瓜島
台客的核彈詩
權將死馬當活馬醫吧

消滅東洋小倭鬼族

很久很久以前
神州東方之小倭鬼族
從魔界轉世而來
兩個魔王
織田信長和豐臣秀吉
魔王欲望大於天
策動小倭鬼族
欲消滅龍族、佔領神州
從此以後
發動三次「亡華之戰」
死傷無數生靈

小倭鬼族曾經佔領地瓜島

到處屠殺生靈
地瓜島險些滅種
但統治地瓜島的結果
造成很多地瓜變種
有的成了皇民化地瓜
還有更多變種妖獸
甚至還有許多忘了「我是誰」
成了小倭鬼族的粉絲

小倭鬼子無條件投降後
滾回牠們的東洋列島
回去之前
牠們在地瓜島暗佈數十萬妖獸種子
做為重掌地瓜島之內應
妖獸種子經數十年繁殖
出現數百萬倭種妖獸
經數十年「冷水煮青蛙」
地瓜族竟幾乎全部變種

中了倭鬼的胎毒
此種胎毒的主要作用
在永久分裂龍族
以利倭鬼佔領神州

不滅東洋小倭鬼族
永遠是龍族的威脅
廿一世紀龍族有一天命
應以核武消滅倭鬼
在北海道、東京、大阪、九州
各投一核彈
令此「大不和民族」
從地球上消失
此後亞洲永久安全
女人和男人都可以放心睡覺

台客核彈詩怎樣生產製造

製造核彈詩
古來就是詩壇強權的
終極絕密
因為任何一個詩人
終其一生能有一首詩
乃至一句詩
能在詩壇上產生核爆威力
穿透時空
震懾人之身心靈
那便是傳世經典
與李杜齊名
甚至超越
與天地同在

地瓜島上所有的詩人
無不日夜苦心研發
廢寢忘食不洗澡
伏於書桌
以期研製出一顆
驚天地、泣鬼神的核彈詩
可以震懾詩壇天地
你看，余光中、洛夫、羅門
乃至張默、辛牧、管管
他們在地瓜島詩壇上
都算一代強權
他們的詩都有核彈的威力
但問如何生產製造
這就如你無論燒多少香紙給神明
都只有拈花一笑
或連一笑也沒有

但天底下也沒有不透牆的風
紙永遠包不住火
地瓜島上這家獨孤超強核彈詩家
是曾經唯一超強的台客
他製造生產核彈詩的絕密配方
早已被我探得
因為我年輕時專搞情報
世間沒有任何機密能瞞住老夫
一切有為法
老夫一看就破
所以我知道台客核彈詩
內藏獨門秘方

凡事不知為難
知則為易
但說難亦難，言易不易
啓動 $E=MC^2$
乃是初步

物質界好搞定
暗物質原料則很形而上
較難把握
舜日堯天周禮樂
孔仁孟義漢文章
一樣不能少

詩人要處在極高的高度
不高於天
要高於歷史
最基本要有春秋大義的高度
才能不受外在魔鬼影響
亦不受內在敵人左右
握史官椽筆
秉筆直書
做龍傳人之史官
如是完成之詩
必成大歷史之偉大史詩

以核彈威力
震懾歷史時空
穿透千秋百代人之心靈

以上略述台客核彈詩的生產過程
當然要醞釀一顆強大的詩
還有很多是不可說
不可說亦不思議
例如靈感從何而來
空靈之中是什麼
凡此萬法唯心
說是存在亦不存在
屬有為法
又像是無為法
這就是古今中外所有的詩人
生產製造核彈詩的難處
台客生產的核彈詩

經過歷史名家認證
李杜檢視過
三蘇指點過
加上個人智慧和努力
他終於也建立強大生產線
一顆顆核彈詩
投向地瓜島的胎毒妖獸
亂臣賊子懼啊
更多的核彈詩
助龍族完成一統江山之龍族夢

地瓜島上妖怪多

自從胎毒禍水
在地瓜島上無止境漫流
島上越來越不乾淨
胎毒流到哪裡
哪裡就成了毒區
水和土壤都有毒
有毒的環境
養出來就是一堆妖怪妖獸
所以現在地瓜島
最多的生物是妖女魔男
反正全是妖怪
你不信嗎？請聽

在凱道偽鬼府內
光天化日下
傳出買賣聲
有西方妖獸派來專使
與島內妖獸
商討出賣地瓜島的價錢
在三更半夜裡
傳出姦淫聲、叫床聲
一切惡竟在這偽鬼府裡

有時候在公堂之上
公開拍板喬事價
凡妖獸九等親內
都能謀取高位
不論多爛的妖怪
都有機會高高在上
騎在人民頭上灑尿
這種榮華富貴

只有妖怪妖獸有機會
榮華富貴
誰不想要？
誰不想要擁有享有？

於是，地瓜島眾生都在努力
努力追求榮華富貴
本來好好一個人
要變成妖怪
越怪越好
越妖越吃香
本來很正常善良的人
要變成妖獸
這仍不足
要十足成為一隻禽獸
那最好的位置
就是你獨坐獨享了
地瓜島妖怪也就

多如牛毛

要怎樣救地瓜島？
這真是很頭痛的事
可以說無解
無救了
妖獸已經很可怕
何況又中了胎毒
神仙也解不了這種毒
所以神仙也救不了地瓜島

惟凡事沒有絕路
宇宙間有一自然法則
乃一物剋一物
地瓜島上眾多胎毒妖怪
可用戰火滅之
須以王師強大之四軍火力
一舉殲滅全部胎毒

使之屍骨不存
化為灰燼
從此地瓜島無妖怪
國泰民安風調雨順
眾生都過著幸福美滿的日子

請佛祖來收妖

我日夜苦思
要如何挽救地瓜島的沈淪？
得先收拾島上妖魔
自古以來
妖魔都很難纏
據聞
玉皇大帝和上帝都曾與魔鬼鬥法
鬥了幾萬年
也沒能消滅魔鬼

也因如此
地瓜島上的妖獸魔鬼
才無法無天

天也不能制約牠們
誰能奈之何
位於凱道的偽妖府
已成製毒工廠
所有地瓜島上的胎毒
偽妖府是原產地
產出各類毒品

思想之毒，讓人變種
核災食品，毒入基因
同婚之毒，令地瓜島物種滅絕
毒豬之毒，讓人絕子絕孫
原本清涼的地瓜島
已儼然是妖獸島
妖獸統治著一群
也是妖獸
誰能收妖？
我突然想到佛祖

佛祖，求您大發慈悲
走一回地瓜島吧
把島上妖獸都收回
關起來
令牠們好好修行
不要在人間為害生靈
千古以來只有佛祖的大法
能收制一切妖魔
請佛祖來收妖
地瓜島有救了

荒誕的島嶼

已死的人
活了
從燒過的灰燼中
伸出手
透穿牆
如幽靈般
從棺材縫
生出
為一群活人
下指導棋

活著的人
死了

都市叢林中
一堆肉體
如孤魂
又似野鬼
游來游去
為找尋一塊好吃的肉
無路可走
找不到肉
沒關係
有死人可以引路

死人活了
活人死了
島嶼終於得以正名
死亡之島
島之領導
從死亡之床上走出
活人問道於死人

陽謀不行
用陰謀
伺機而動
死人同意
活人沒意見
一切都聽死人的

死亡在啃食一座島
大白天裡
吞沒島的魂
夜裡
啄食島心
暇豫時
割些島之肉
慢慢咀嚼
或下酒
最營養
是島的血

冰起來慢慢喝
其他器官
用烤的
配冰啤酒
有地瓜味

島死了
世界已死
因為四週皆無人語
東西兩側浪大
聽不見
南北二方
都保持沉默
何去何從？
是生是死？
活人決定不了
只好問死人
死人也被咒詛

死掉的島
只好在海上漂浮著
漂浮著

輯　三　龍族魂：喚醒、崛起與天命

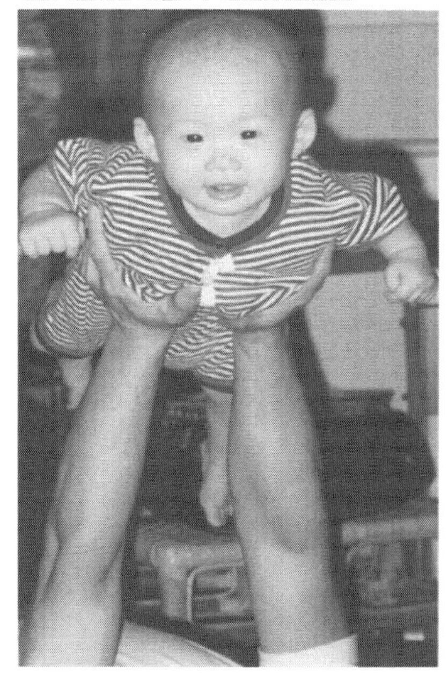

神州新時代

龍族已然崛起
創造神州新時代
廿一世紀果然是龍族的世紀

這塊大地的東西南北中
升起繁榮壯盛的氣息
超鐵、高鐵與公路
貫通山河與大海
將歐亞非綁在一起
帶動全球富裕

摩天大樓成為
新都會超神奇之叢林景觀

從頂層窗前望出
天下似已縮小
天涯不遠
一幅有如外星世界夢幻圖
在眼前呈現
璀璨了龍族的理想國
綻放出後現代與超現代
神州新都會的魅力

龍族之光
神州之光
世界之光
全球風雲會神州
西方的希望
在中歐列車奔馳
各國商貿在神州之天空，地面
穿透地底，運行中
在藍天一飛萬里
二十四節慶

無數神彩在大地凌波起舞

龍傳人都鮮活了
智慧開始點燃
創意飛天
信心回來了
民族精神回來了
龍族的研發精神
苦幹實幹的精神
全都回來了
一個個科技城、半導城、大學城
工業園、電子園、外貿港、中關、樂谷……
正與世界對話

龍族崛起
創造神州新時代
融合古今中外
創造龍族新文明新文化
西方妖獸眼見龍傳人的壯盛強大

心生恐懼，乃組成
「新八獸聯軍」
企圖干預龍族統一大業
製造龍族永久分裂
來者不善、善者不來
龍族就等牠們來
一舉殲滅
為世界各民族主持公道

龍傳人的信心都回來了
與日月同在
到太空欣賞晨曦
在月宮廣場上黃河大合唱
在火星建立基地
探索九大行星
測量銀河系
神州新時代
龍傳人就是敢做夢

一首唐詩喚醒我的夢

龍傳人的夢有幾千年了
時有時無
時醉時醒
甚至死於夢中
偶然讀到一首唐詩
喚醒了一條龍

曾有明月
與我同床共夢
鄉愁都燃燒
以溫度解讀詩中意
黑髮讀到白髮
終於才明白

明白這首詩
要來引渡我重回大唐
神交李杜
乃至再回溯秦漢
一首唐詩是我的渡船
我醒著回溯五千年之旅

守在南海諸島龍戰士的歌

這裡發現了寶物
還有天大的財富
四週列邦都要來搶奪
甚至奪走整個島
我們是龍戰士
負責守衛龍族海疆
有我們在
列邦妖獸們
休想奪走南海一粒沙
每一粒沙都要留著
吹沙填島之用
我們人在天涯

不論天涯多麼孤寂
我們以生命守衛
島孤人不孤
海闊正好洗心胸
壯吾志
憶中秋風雨夜
巨浪拍岸
有如西方妖獸開來船艦
在附近耀武揚威
我等早已有備
若敢亂來
必使牠們有來無回

我們遠在天涯
心繫祖國
還有心上人
摘取一粒相思豆
寄給故鄉的她

這是守衛南海龍戰士的情

潮來潮往
人世無常
有常的是一顆守衛海疆的心
不論我們在與不在
南海始終是我們龍傳人
最強大的基地
龍族歷史的恥辱不能忘記
生生世世龍子龍孫
都要記在心裡
一旦我們忘記
國土可能又會丟失

北國之夢

我未到北國之時
已做著北國之夢
從松花江的雪到漠河北極村
像是一場跨星際之旅
為那刻骨的相思
想說一個生長在南方
地瓜島上的龍傳人
這輩一定要織一段
北國之夢
與祖國談一場
轟轟烈烈的戀愛
就是愛啊
愛這土地愛的深沈

松花江畔有我的夢境
夢境是一段相思
一串紅色的記憶
映在心田
從乾涸或流失
日久成熟
成為濃濃的鄉愁
憶起曾經牽起妳的手
星星在妳臉上
閃著淚光
我們就一起醉在深秋
織著北國最美的夢

哈爾濱之冬
化成玲瓏剔透的世界
更適合織夢
凡有所愛

我們就在這裡完成實踐
這可是三世之約
若非前世已有基因
何來北國戀情
就叫愛在這裡生根吧

北國之夢多麼豐富
北國之約四季情意皆深厚
秋夜適合聽蟲鳴
迎徐徐微風
月光瀉下潔白的愛意
會撩我心思到老
這是我在神州大地
曾經有過
最美麗的夢境

北望神州：代蔣公說幾句話

說世間無常是真的
江水不一定都向東流
百戰百勝的戰將恐難有
月亮不可能始終都圓
太陽也經常沈落
蔣公一顆心始終掛著
放不下來
他老人家從草山行館的椅子上
站起來，北望神州

都過了幾十年
那時，為什麼？
為什麼？

長江黃河之水向南湧流
如兵敗山倒的潮浪
向南奔流
他帶著百萬軍民
竟瞬間被無情的江河巨浪
沖到了地瓜島

年紀越來越大
總是老眼昏花
踮起腳，向北望
神州一片霧，茫茫看不透澈
侍從官取來最大的望遠鏡
只看到濃濃的鄉愁
還被放大很多倍
心頭一陣酸
不能向人說
連經國緯國也不能說
苦啊！人世間還有什麼

比他老人家心頭更苦
不看還好，看了
鄉愁會把人撞出內傷
他老人家病了
原來光陰也敢對五星上將下手
重重的下了死手
他就像草山任何一片
凋零的落葉
隨時隨地向下飄落
葉已凋零
心思仍有
他想著要飄落在神州大地
故鄉母親的懷裡

剩若游絲的心靈
猛然飄起，不看自己
北望神州
心靈跟著回到故鄉

不去北京，先到奉化
這是什麼季節
驚蟄後的春分
清明節快到了
該去給父母掃個墓
再看看以後
自己落土哪裡

這些都是個人私事
老人家最放不下的是國事
肉體雖死，精神仍生
乘著心靈方便
好好視察一下神州大地建設成果
果然龍族已然崛起
一個繁榮富強的神州
開始擁抱地球
現在只差一步，統一地瓜島
今後也省得老人家
老是北望神州

龍之夢

五嶽眾山
依然高坐神州大地
這不是夢
江水東流
唱誦著永恆的神曲
千年萬載的時光
一再重生
熱血始終在龍族體內奔流
都恆不老
說是夢境
其實多麼真實

土地始終有溫度

眾生都溫馨
因為龍族的夢永遠不老
五千年的青春
海疆有夢
五千年追夢亦不止息
領空織夢
五千年翱翔永不止息
這片大地的心跳
已然壯盛
心跳的聲音
傳遍四海洲洋

龍族夢境是我的家
一方水土
養活龍傳人子孫
曾經有過的酸甜苦辣
天災人禍
都在這夢境中

永不退縮
還建設得更壯大
有更大的信心
跨向地球之外
這不是夢

一樣的龍族
一樣的神州
一樣的水土
為什麼有時候不敢做夢？
現在勇於織夢
敢於創造追尋
啊龍傳人
現在你到底吃了什麼？

走過江南

我走過江南
如在天堂織一段情緣
那四百六十寺
果然就在煙雨茫濛中
境界多麼空靈
意象鮮綠
晚上月色都醒了
醒在所有旅人的心理
醒在夢中
成就一生的夢境
同里清水、西湖明月
烏鎮漁火、周庄夢蝶、宏村古意

婺源秋色、三清夕陽
黃山迎客松……
都選擇絕美時刻
捕捉人的眼神
瞬間停格
成為永恆的回憶

悶了很久的龍傳人
掩不住越來越紅的東西
一艘艘龍傳人之舟
在夢境江南
激起水聲
浪花引來各方注目
江南是醒的
所以龍傳人也都醒
人民眼睛都亮了
看到一個新世界就要來臨
新世界打從江南過

很快被補捉

我打從江南過
從遠古、古代走到近現代
有些史事如夢
難以詮釋，可以領悟
而煙雨茫濛的味道
古今一味
雨韵的江南
恍如前世的情人
在前面向我走來
那種吸引力
來自古典和現代的交融

啊！我龍族的故鄉
唱的都是龍族之歌
我們都懂都熟
從古唱到今

從小唱到大
屬於我們心中的江南明月
像在天空掛起一盞燈
傳唱江南的故事
從古老的月亮
到現在東方最夯的紅太陽

我打從江南過
留下一幅絕美的天堂地圖
天上有的月亮
江南水鄉也有
夢中的江南
是塵世不洗而淨
純潔的淨土

夢裡神州都是情

神州之春
春風吹過這片山河大地
一切都醒了
小溪也叫著春天
龍傳人的夢境
展現在春天的笑容
每個人的臉頰上
盡是春花
雖有枯萎的落葉
更多是茂盛的綠芽
可預見
將有嶄新的希望

神州之夏
夏夜的夢境屬於童話
故事環繞在
虛實的光影中
連續一個夏季
說故事的老人
從三皇五帝講到你們的爸媽
龍族的故事
是所有龍傳人
身心靈的精神食糧

神州之秋
屬於想念
想念每個人的故鄉
秋夜傾瀉一屋子的寂寞
月光的鄉愁太濃
提筆寫一封信
心思傳回老家

就是說，說
守衛海疆是我的職責

神州之冬
蟲魚鳥獸和我等眾生
在雪中沉睡
做著皚皚純白的龍之夢
歡樂在城鄉散發
豐衣足食繁榮富強
是真的現代畫
龍傳人經百年奮戰
龍之夢正在一一實現
這是今年春節團圓飯
最夯的話題

引領前程的紅旗

身為龍傳人
要直心面對這面最夯的大旗
他是日昇的太陽
永遠在東方
映紅了東方天際
照映全球

一路走過百年
他是振奮民心的戰歌
團結了曾經分裂的龍族
溫暖全民心靈
他的每一種姿態都是喚醒
喚醒龍族的民族精神

展開紅色的決戰
戰勝衰弱與貧窮
戰勝貪腐和無能
把龍族帶向富國強兵的理想國

他始終引領我們走向輝煌
七月的天空
再度照亮日月
東方更紅
我懷著滿腔熱血
高舉我的愛意
誓共實現龍族夢
人類命運共同體
虔誠沐浴在神州大地天空裡

千百萬先烈之血
是他內涵不朽的靈魂
啊！他就是龍之魂

引領龍族走向新時代
用一帶一路擁抱地球
中歐列車使歐亞一體
空間站展衍
龍族的生活領域
進而探索月亮和火星

他的故事述之不盡
他偉大的信心
引領龍族踏上萬億里征途
謙誠而無所畏懼
我們向這面偉大的紅旗
高舉敬意

東方紅海，七月

一年四季裡
東方都紅
而以七月最紅
七月的紅
是天生的
每年到了七月
平時很忙的其他顏色
也會放下手邊工作
紅一下
跟著全民夯個幾天
表達對紅色的愛

所以七月

東方紅海紅到了四海
甚至四海都紅
這種紅色的激情
是用堅毅的鐵錘
和傳統的鐮刀
經幾代龍傳人奮鬥
才有的成果
現在我們享受著
紅色的繁榮富強
可以平視這個世界
我們不能忘記
幾代前輩們
許多人壯烈犧牲

七月的黎明
恍若先烈成聖成神氤氳的紅光
照亮神州大地
無處不紅

歷史有許多滄桑
外面仍有敵人
日夜在磨刀擦槍
戰艦也開來示威
企圖永久分裂神州
掠奪龍族重寶
都無法制壓
紅色七月的光芒

龍傳人醒了
不論七月，或哪個月
都是醒的
清醒而紅
我們心知肚明
前程必然光明
路途還遠
這是一條廿一世紀
新的長征之路

十四億龍傳人共同的信念
用一百年建基
邁向下一個一百年
創造人類命運共同體
讓全人類都夯紅

未來東方都是紅
紅色的血液夯流神州
我們要永續的流
使命都牢記
走過上世紀的一窮二白
開創兩彈一星
再把空間站
推向深空
開創壯麗輝煌的新詩章

我住神州千萬年

我住在這塊大地多久了
太久想不起來
少說有千萬年
三皇五帝都晉謁過
你說有多久
生生世世
隨業流轉
又轉世到了神州大地
成為龍傳人
這是為什麼？
什麼道理？
因為我始終以龍的傳人自居
神州祖國始終在我心中

這叫心想事成
很簡單的道理
你心在那裡人便在那裡

現在我心在泰山
人也在泰山
自從這一世轉世到了神州
就喜歡在神州諸聖山
高來高去
尤其最高的地方
最接近神州眾神
四大名山非去不可
普陀山親近大悲觀世音菩薩
五台山聆聽大智文殊菩薩講經說法
九華山拜見大願地藏菩薩
峨嵋山晉謁大行普賢菩薩
此生於願已足

暇豫或週休二日

我喜歡在山頂虛空的地方
享受難得的寧靜
或在山坡上看花賞月
乃至長江黃河間
游來游去
悠遊在歷史時空的大海裡
寒暑假當然跑得更遠
伯力、漠河、噴赤河、曾母暗沙
要去走走
才能感受龍族的偉大
體驗神州之廣闊

一世幾十年
讀不完龍族的經史子集
到了要走的時候
我知道走過的老路
一切都了然於心
就先放下
待轉世再來接續再翻閱

從那一章開始都知道
寫下的筆跡也記得
我就是這樣
在這祖居地
一住就千萬年

不論何樣年代
也不管在神州的哪裡
我的眼神閃爍著光輝
內心飽涵龍傳人的驕傲
整個人沐浴在龍族團結的氣氛中
因為任何一世
轉世而來
都看見龍族子子孫孫們
是多麼深愛這片土地
這片土地
是龍族永續生存發展的基地
我們還要住上千萬年

那時，我看到很多人死了

那是兵荒馬亂的年代
龍族最悲慘黑暗的一段史事
我看到很多人死了
死得不清不白
少數死得明白
有的被外來敵人炸死
也有自己人打死自己人
長江黃河流的都是血
天空下的都是淚
無數人死於荒山郊野
大城鎮裡
一批批的死
有如死了一堆螞蟻

死人的年代
死人比活人多的年代
也就沒有人為死人收屍了
死了，慶幸自己結束了苦難
管他無人收屍
就讓北風吹乾屍體
讓大雨洗淨
回歸泥土
回到神州大地
母親的懷裡

神州遍地都是死人
仰著、臥著、卷曲著、睡著
他們都無言
不想叫天，也不叫地
反正沒有回應
什麼都是虛無

與他們同在
只有拋棄、滅寂、黑暗
還有滿腹的懷疑
國家怎麼了！
政府何在？
保護人民的軍隊呢？

在這死寂的荒野
孤魂往何處飄？
無人引路
家鄉在哪個方向？
這無盡的苦難
怎麼死後仍未結束？
好沈重的悲哀
這是所有龍傳人的悲哀
許多人一起上路
不寂寞

千山不獨行
大家什麼都沒有了
什麼都離開了
同行者
只有鬼火、蟲鳴和陰冷的風
從黑暗的人間
走向闇黑的陰間
那倒在荒野的肉體
就留在原野
回歸神州大地

現在的龍傳人都醒了
醒於逐漸崛起中
所有龍傳人要牢記
落後、貧窮、衰弱、貪污、腐敗
是國家民族五大內部敵人
要永遠警惕
消滅五大內敵

才能團結共同對付外敵
牢記那悲慘的年代
不可再來

寫給祖國的情書

祖國是我的愛人同志
親吻祖國泥土
如親吻愛人的唇
溫暖而芳香
充滿著力與美
擁抱祖國
如擁抱愛人的腰
安全又滿足
所以我寫一封情書
從邊陲地瓜島
寄往神州大地
任何龍傳人都能收閱
表達我身為龍傳人的愛

有人說我不能寫情書給你
一輩子在地瓜島
神州才到過幾回
真是鬼話
地瓜島也是神州之一部份
何況神州在我心中
七十年了
我是神州，神州是我
或直說
中國是我，我是中國
我和神州大地本屬一體
心靈交融
如情人關係

神州，我來了
就哪裡都不去
專來讀你

讀你千遍也不厭倦
撫摸大地
五千年歷史都在皮膚裡
我一再梳理
如梳理你的秀髮
梳理你過去的歲月
讓我不得不更愛你

我來了
或我未來
始終都在你心上懷裡
四季有變化
綠葉會枯黃
只有我對神州大地的愛
永恆不變
不論何時
我願為你講床邊故事
龍族五千年

故事說不完

我要告訴你一件事
這世界越來越危險
越來越荒謬
由於你的繁榮壯大
西方妖獸竟重組
「新八獸聯軍」
欲不利於你
放心，龍族已崛起強盛
每個龍傳人
都是你的守護神

還有小倭鬼子又開始囂張
對付這個「大不和」妖種
很簡單，不打海戰
也不須登陸
以核武直接令其

從地球上消失
這是我給祖國的情書中
最真誠而感動的一句情詩

我在神州收割了龐大利益

我很早就發現
世間最好的寶貝
最神奇的武功秘笈
就在祖國神州
千年萬年之重寶
都在這塊大地
數十年來
我逐一收割
收為己有
再加以創新賣出
獲得巨大利益
我不忍私藏
特公告與所有龍傳人共享

最經典之大寶
從《詩經》開始
四書五經或十三經等
乃至九流十家
我都逐一研析
收割精華放在我腦袋裡
還有歷代詩詞歌賦
李杜三蘇到納蘭明珠
無一不是寶
以及《封神榜》、《西遊記》
《紅樓夢》、《水滸傳》等
內涵無尚智慧
只要收割其中小部份
人生就得到大啓蒙
當下就頓悟

有些寶貝

看起來就是白花花的銀子
儒商子貢的經營術
道商范蠡的《經商法門》和《養魚經》
還有晉商、徽商
都各有賺錢門道
這些才是我們傳用千年的
龍族式資本主義
國家要繁榮強盛
強大的經濟力是堅實的基礎
沒了銀子，貧窮落後
一切都是空談
這些核心價值都被我收割
交給我的弟子
他們在神州大地創出一片天
所獲大利
足為祖國建造幾個航母艦隊
說到打仗

現在好像真的要打了
小倭鬼子開始囂張
西方妖獸們重組
「新八獸聯軍」
企圖製造龍族永久分裂
地瓜島上的妖女魔男
勾結美帝
企圖以武拒統
凡此，看似敵眾我寡
這仗要好好打
我收割老祖宗一批寶物
《孫吳兵法》、《孫臏兵法》
《武經七書》、《鬼谷子兵法》等
這些都是戰爭寶典
善用必勝
現在神州大地最有價值的重寶
是有一個為人民謀幸福的黨

以及清醒的龍傳人
現在國際局勢複雜而險惡
狀況瞬息萬變
西方白種妖獸
數百年來
盡極種族歧視之能事
白種妖獸族之發達史
便是對其他民族
滅絕與大屠殺史
白種族的發展定律是
異族必殺
不信基督者
殺殺殺殺，殺殺殺
現在龍族崛起
要阻止這一切
創造人類命運共同體
實現中國夢
打幾場惡仗是少不了的

現在的我
坐於神州一邊陲角落
只想收割神州一片陽光
泡一壺好茶
靜觀龍族大軍消滅倭人
收割地瓜島
完成大一統

神州心靈行腳浮光

千百世流轉
神州心靈行腳
浮光記憶如炊煙
掠影在虛空中明滅閃爍
是龍傳人
代代相傳的故事

蜀山之王貢嘎山
如夢中神山
人間淨土
天山明珠博格達峰
是仙女掉在人間的明珠
到了泰山看見

歷代帝王封禪祭典
傳奇又鮮活
走過天下第一奇險華山
以為到了外星
到峨嵋山時
普賢菩薩正為大眾說法
到五台山時
文殊菩薩正為弟子們在講經

黃山回來後
再不看岳
大家都說廬山難看
果然是
長白山上都是龍族好兒郎
也是三江之源頭
經過天山天池時
西王母正回天庭參加玉帝的蟠桃會
上有天堂下有蘇杭

滿街都是仙女
漓江美景如幻
呈現中國水墨畫空靈之美

神州大自然抽象畫廊
在五彩灣
地下藝術宮殿
在織金洞
童話世界在九寨溝
死亡之海塔克拉瑪干
有千年不死的樹
……
神州勝景走不完
轉世再來時
接續未完的腳程

勿忘南京大屠殺（一）

妖魔鬼子到處有
倭國列島全都是
我舉春秋巨椽
弔民誅倭
天人同悲的南京大屠殺
不能走入歷史
要走入中國人的心
春秋筆熊熊烈焰
閃耀著焱焱燭花

勿忘南京大屠殺（二）

淚，流自一九三七年
一群倭獸
古稱倭寇，今叫鬼子
乃人類退化後之類人
地球上最邪惡物種
竟以滅華為天命
明萬曆朝鮮戰、甲午戰
八年抗戰、二戰
倭鬼殺人三億

勿忘南京大屠殺（三）

三億亡靈向誰討回血海深仇
草鞋峽亡靈仍在喊冤
江東門活埋靈魂喊著要債
全亞洲亡者不安
廿一世紀十四億
全球中國人
你們心中還痛吧
痛，正義何在，等因果制裁

勿忘南京大屠殺（四）

吾手握春秋筆
以春秋史官良知說
制裁是必須的
債，一定要拿回來
廿一世紀中國人有天命
是為人類除妖魔
北海道、東京、大阪、本州
各送一顆核彈，滅七成倭魔
倭島收回中國版圖
改設　中國扶桑省

勿忘南京大屠殺（五）

斬妖除魔
弔南京大屠殺同胞英靈
祭奠三億死於倭魔亡魂
公道、便宜而合人權
倭魔存在是進化論的錯
中國人的錯、亞洲之錯
全人類的錯
春秋史官如是說

勿忘南京大屠殺（六）

這媽媽是誰？
妳一定是南京孩子的媽媽
中國軍隊不能保護妳
妳無力抵抗倭獸的侵害
妳哭，妳痛哭！
我現在似乎仍聽到
妳的哭聲，未來
能聽到妳哭聲的中國人
將會越來越多！

勿忘南京大屠殺（七）

這女子是誰
妳一定是南京城內
某家淑女
妳本有華美的人生
奈何倭獸入侵
國軍不能保護妳
政府不能保護妳
我們相隔近百年
妳的痛苦我感同身受
現在咱們中國人醒了
遲早為妳復仇

勿忘南京大屠殺（八）

你們是誰？我不知道
但一定是中國人
炎黃好子孫
中華好兒女
國軍不能保護你們
政府不能保護你們
現在的中國，醒了
將以核武滅倭國
把血債要回來

輯四　救贖

1、救贖被倭鬼整死的亡者

救贖！
為救贖那些被小倭鬼子整死的亡者
那些被槍殺的男士們
被以各種方式殺害的女子們
為替天行道
為糾正進化機制
糾正出現「大不和民族」的錯誤

救贖！為救贖！
小倭鬼子啓動
第一次滅華之戰
中國明萬曆「朝鮮七年戰爭」
第二次滅華之戰

甲午戰爭
第三次滅華之戰
民國抗日戰爭十四年
小倭鬼子
是外星生物的變種
妖獸文化養出的鬼
這些鬼族
又中了邪毒
不滅亡中國不罷休
那些死去的人
那些被小倭鬼子害死的亡者
從五百年前的明萬曆至今
誰去拯救他們
讓他們的靈魂得以安息

那些被小倭鬼子害死的亡者
幽魂仍在荒野飄著
找不到轉世的窗口

回不了家
何時得以救贖
救贖！轉世！
生生不息、永恆不朽

2、等待公平正義的誕生

歷史都記載些什麼？
難道只有權力遊戲
歷史正義死光了嗎？
歷史剩下什麼？
統治者和政客的欲望嗎？
許多人都得到了失憶症
甚至有的故意裝出
得到阿滋海默症的樣子
住在台灣的一群炎黃子孫
更是變質了
選擇故意忘記同胞的苦難
原來妖女和魔男把島嶼
搞成漢奸島

但我相信大陸的中國人
不會忘記歷史
更不忘記同胞有過的苦難
才有「南京大屠殺紀念館」的成立
還有北朝鮮、南朝鮮
他們的人民永遠也不會忘記
小倭鬼子在朝鮮
一次一次，又一次……的
朝鮮大屠殺
不忘記那些被姦殺、被活埋
以及被捉去當慰安婦的女人們

是的，還有很多人記得
我記得
中國人、朝鮮人永恆不忘
那些死於倭鬼侵略的人
你們死的冤枉

許多死的不明不白
你們臨死之前的無助、痛苦
你們燃燒的胸中之火
驟然冰冷
瞬間絕望
國家救不了你！
黨派只顧著內鬥抓權搞錢
軍隊沒有戰力
偉大的領袖丟下子民
第一個逃跑

你心已死
死於身死之前
但你們的靈魂
幾十年、幾百年了
依然遊走於神州大地
等待一個救贖！
等待公平正義的誕生

3、中國魂、中國神

誰信神？
還是信命運！

若是信神
哪位神？
基督、瑪麗亞、上帝
你和他們言語不通
何況
你未事先信仰他們
西洋神不救東方人

是命運在作怪嗎？
命運不在神裡！

命運在自己手上
三皇五帝、秦皇漢武以來皆如是
問問我們中國神
佛陀、觀世音、關聖帝君……
三公、玄天上帝，乃至土地公……
皆如是說

中國之命運
在中國人手裡
所有的中國神都是中國人
中國神不住天上
都和人民住在一起
同村同鎮
吃飯也在一起
你生為中國人，死為中國魂

那此死難者
不管你是死於明萬曆朝鮮戰場
或死於甲午，或十四年抗日！

你是中國魂、中國神
你的神魂
活在今天大陸所有炎黃子民心中
我們
身心靈一體

4、神州大地是母親

都已經這麼久了
死難者早已不知道轉世到哪個天
還牽掛著愛恨情仇
說不該有恨
是不是太過神話？
屬於小我個人的恨
可以放下
國家民族的恨都放下
是否等於遺忘
讓歷史一再重演
第四次、第五次……
亡華之戰

活著的人痛苦恐懼
那些死掉的人
死於明萬曆朝鮮戰場的
死於滿清甲午戰事者
死於民國抗日十四年之眾生
都仍在等待一個救贖
九泉之下仍不安

千百年來
我巡禮於神州大地
神州是我永恆的母親
我一再轉世
仍投向同一個母親
見證龍族百千萬年
感受每一代中華子民的心聲
神州大地上的眾生
都是和諧的

只有小倭鬼子來了
長江黃河的水
才憤怒起來
神州大地才會跳起來
團結抵抗外敵入侵

為了將小倭鬼子
逐出神州
消滅倭鬼
許多人視死如歸
死於山野
死於溝坑
沈於江河
不知道他們的姓名
就當做死於母親的懷裡吧
神州大地就是母親

5、祈求同胞，勿忘我

我聽說人死時
要為他念一段經文
引導轉世的途徑

「觀自在菩薩，行深般若
波羅蜜多時，照見五蘊……」

天啊！在那兵荒馬亂的年代
你祈天天不應
呼地地不靈
國家、黨派、軍隊都自身難保
誰能救你
眾神也顧不到你

現在念「觀自在菩薩……」
亡羊補牢吧

我自認是天命
因為我看見五百年來
小倭鬼子
為咱們中國人帶來的苦難
多於海洋之水
痛恨之深
深於太平洋之淵底
閉上眼睛就看見
逃難的人群
面黃肌瘦的孩子倒在路邊
哭泣！祈求！
在神州大地
在朝鮮、台灣、中南半島、南洋……

是命運

或是天命！
或什麼都不是
只因你活在這裡
誰會關心一棵巨大的樹木
在枝葉上有一隻螞蟻
牠的生或死
誰記得長江、黃河
乃至漢江的一圈圈漣漪興起之始末

一切都難以想像
無從理解
千百年因果糾纏
因因果果
因中果、果中因……
不論過多久
不是不報
時候未到
因緣成熟時果來報到

而歷史太長
人命太短
因果太深妙
人的智慧又太粗淺
難以全知

只能祈求：天保佑！
祈求同胞：勿忘我！

6、中國夢要實現了

千百年來
星星、月亮、太陽
永恆執守職責
四季各有繁花
在大自然舞台上走秀
世界和平依然是神話
甚至更多戰亂
更可怕
似乎
地球隨時也要成為死難者
毀滅，或往生吧

面對殘酷的世界

小倭鬼子也活在恐懼中
列島浮於大洋
常有驚天的搖晃
馬尼亞納海溝的魔手
伸向列島底部
驚天的恐懼
天天撞擊
小倭鬼子的每一顆心
恐懼列島將沈沒
沈亡於太平洋深淵

太好了，倭鬼要亡華
天譴倭鬼
沈其列島，亡其子民
令其亡種亡族亡國
若其不亡
天理何在
因果豈不妄言

全面滅亡妖獸倭種
這是對所有
五百年來的死難者
公平的回報
得以安息
得到救贖

我是誰？
我說的天意從何而來
無從理解說明的
就是天命
我是通靈者
與神州同在
神州眾神俱在我心中
我的神魂通往三皇五帝
通往炎黃心識
與中華民族之列祖列宗接心
故，我知天意

明白天命

茫茫神州
四季有風潮
捲起長江黃河浪濤
我了知天命
喚醒中國人的天命
龍傳人都醒了
五嶽山神都醒了
中華民族要復興
中國夢要實現
死難者都忘了痛苦
笑活了

千真萬確的事
那些朝鮮戰場、甲午之戰
十四年抗倭
被屠殺而死的

炸死、餓死、所有戰亂而亡的……
姦殺死、斬頭死、活埋死……
慰安婦痛哭死……
所有因
小倭鬼子啓動戰爭的
古今死難者
聞說中華民族要復興
中國夢要實現
這好消息
傳播到陰陽兩界
廣傳三界二十八重天
所有的死難者
服下一顆安慰的神藥
痛苦化為安息

中國人的千年之夢要實現了
這個夢曾有多次
成熟實現

又老去再新生
夢也會輪迴轉世
現在又要重現
這是第幾回了
炎黃老祖高興啊
死難者得救

7、這一代中國人做什麼夢

滾滾長江東流水
引我向東眺望
那倭國列島上
妖魔又醒了
口中唸唸有詞
自稱是豐臣秀吉
有的稱名是織田信長
唸著五百年前的老調：
「我不幸生在東洋小島
不能展現長才
今後要消滅中國
統一東亞……」

這可不是夢
活生生血淋淋的事實
但一百多年前
龍傳人都迷失自我
忘了「我是誰」
明明是一條龍
自以為只是一隻豬
甚至自覺
狗也不如
許多中國人說
不知道、沒看到，從未聽聞
你心不在焉
腦子又被洋水洗過
你認賊做父
就是小倭鬼子殺到你家
你也沒看見

啊，這一代的中國人

你夢想著怎樣的人生
儘管人生如夢
你將夢見什麼？
實現怎樣的夢？
中國夢？倭國夢？美國夢？……
你將如何見你的列祖列宗？

你遲早得走上黃泉路
遇上那些死難者
遇上自己的先祖親友
剩下多少共同語言？

8、倭鬼不死大家不得安息

走出「南京大屠殺紀念館」大門
再去看看雨花台、玄武湖……
走過無名的城堞
廣場的鴿飛舞著和平大旗
街道上是幸福的人們
這一代幸福的中國人
飢寒交迫已遠離
人們臉上展現信心
但你去看這紀念館
看到什麼？
像看一場電影嗎？
現在的龍傳人
你追的什麼夢？

大家都在尋夢

我也在尋夢
走著、走著、走著
似已走回一九三八年
或一九四九年
一些似幻如夢的影像示現
倭軍在南京大屠殺
岡村寧次辦殺人比賽
百人斬……
該死的唐生智
還有那許多當領導的
死到哪裡去了？
你們遺棄了人民
戍守南京的中國軍隊司令官
死到哪裡去了……

為什麼這些影像常在我心

真實的存在
佛說
一切有為法
如夢幻泡影
但，為何夢幻不滅？
泡影亦不消逝！
是否因為死難者尚未得到拯救？

我知道了！？
死難者未死
身死靈識未死
都因兇手尚未伏法
兇手何在？
就是那些小倭鬼子
倭鬼不死
受害者如何安息！

9、我向所有死難者行最敬禮

我是誰？
何樣因緣？
在神州大地千百年轉世
在這塊大地
來來去去
為何神州大地每個角落
每個景點、所有城鎮
四極、海空
我似已走過
才會常在我心
因為不論如何轉世
我始終是龍傳人

為何三皇五帝、孔孟李杜三蘇……
秦皇漢武、文天祥、岳飛……
與我那麼親切？？
我隨時能和他們溝通交流
喝茶飲酒
共話我中華民族傳奇史詩
說到小倭鬼子
企圖滅亡中國
千百年來不斷發動所謂
「亡華之戰」
列祖列宗無不痛恨
三皇五帝以下先聖先賢
無不主張必須消滅倭族
使其亡種亡國
這才是對那些死難者
最大的安慰
完全之救贖

我活著
為一個天命
喚醒龍族的天命
實踐天命
就是我的天命
牽掛著中華民族之復興！
盼望著中國夢之實現！
還有五百年來
那些死難者
他們的靈魂得救沒？
倭國尚未亡種亡族！
死難者如何救贖

愁啊！
舉杯交盞，酒！酒！
愁更愁！
抽刀斷水水更流
生活得過！日子得混！

你問我為何少有笑容？
因為我愛神州這片大地！
愛得深沈啊！
愛的刻骨銘心！
愛孔孟李杜三蘇！
愛得快要失去理性

愛得成為一種病
憎恨倭人
憎恨南蠻漢奸島
憎恨島上的妖女魔男
憎恨美帝
憎恨世界
因為這些濁惡
倭人尚未亡族亡種亡國
死難者才尚未獲得救贖

我放下酒杯

站好立正姿勢
在這清冽的夜
走出門外
向北致敬
向所有死難者行最敬禮
或者我該一醉解千愁
醉死了
也沒了愛恨情仇
更不憎恨誰

10、小倭鬼子的亡華大計

小倭鬼子的大刀
舉得高高
雪亮將月光反射虛空
許多死難者來不及道別
人頭已然滾落
落入許多萬人塚中
數百年依然死不眠目

一顆顆人頭

被迫
別了！朝鮮山河
別了！神州大地
別了！中南半島

別了！太平洋
沒有人為你唸一段經文
沒有送行者
倭人不亡種亡族亡國
沒有救贖
絕對不能死
於是你絕不承認自己死了
絕不走過奈何橋
要把神識留在歷史
留給後世子孫
等待一個拯救的機會
要眼睜睜的看著
小倭鬼子的末日
列島沈亡
亡種亡族亡國

但是，尊敬的所有死難者
你們絕對想不到

我大中華之列祖列宗也想不到
那小倭鬼子
已經歷五百年時空
啓動三次
滅亡中國之戰
前後各方傷亡上看數億
而我中國不僅未亡
且更壯大
目前已然是亞洲盟主
未來更要主盟全球
中國夢就要實現
中華民族就要復興
小倭鬼子不甘心
永不罷休
已啓動第四次亡華之戰
有幾個中國人知道
到南京街上隨機採訪幾位大學生
有幾個知道、想到？

按小倭鬼子的亡華大計
《大倭帝國與國聖戰計劃》戰略步驟
第一步是分裂中國
相機攻取朝鮮、台灣
滅亡中國後
征服亞洲
鞏固亞洲地位，稱雄世界
當然還有很多細節策略
總之，這小倭鬼子
吃了熊心豹子膽
不亡中國是不罷休的

11、中國人的春秋大業

明萬曆朝鮮戰場一切眾生死難者
滿清甲午之戰一切眾生死難者
民國抗倭一切眾生死難者　以及
南洋一切被眾生死難者
所有倭國啓動侵略戰爭死難者
我知道
你們九泉之下仍不安
你們一直在等待
等待正義能夠回來
等待小倭鬼子的滅亡
等待一個救贖

我現在心平氣和

再理性不過誕
我一點也不衝動
而是冷靜的說出我的天命
喚醒中華民族的民族精神
指出中國人之天命
就是要在廿一世紀中葉之前
消滅倭國
若遲疑或晚了一步
南京大屠殺
將再重演一回

消滅魔鬼只有一次機會
如同人生只有一回
生與死之間
中國人沒有別的選擇
為中華民族與盛發展
為全亞洲之永久和平
為維護人類尊嚴

倭種必須消滅

我苦思救贖之道
救贖所有死難者的靈魂
苦思一條孤獨之路
沿路看不到光
只有胸中燃起一團火
大火燒了千百年歷史
又驟然冰冷

面對全世界的黑暗
列祖列宗是一盞明燈
指引我
苦思救贖之道
指引我苦思人生的意義
生命的價值
中國人的春秋大業
中華民族的復興大道

與救贖死難者
其實正是同一條路

苦思至此
我雙眼射出巨大光芒
照見五千年中國史
歷史也照射我
照見一條救贖之路
我瞬間感到恐懼
恐懼那東洋列島濃縮成
大海中的一滴浪
富士山被撞碎
成為一片片白沙
躺在沙灘上嘆息
或哭泣
不久也溶合於神州大地上
幾斤土壤

12、廿一世紀中國人的天命

老天爺的劇本是這樣寫的
劇終也有了定局
如同人生只有一回
救贖的機會也只有一次
沒有上帝
所以也不是上帝的決定
只有因果一個簡單的真理
所謂自己做的事
自己承擔果業

小倭鬼子始終沒有被完全消滅
牠們死灰復燃
春風又生

壯大成一隻可怕的軍國主義妖獸
進而廢除了和平憲法
準備發動第四次亡華之戰
染指台灣只是序曲
牠們養了一批島內的妖女魔男
通過「助日大使」 以及
漢奸集團
出賣台灣利益
用「冷水煮青蛙」之計
使很多台灣年輕一代質變成倭人
未成倭人的
也從人類退化成類人

數百年來
倭人啓動亡華之戰受害者
無數的死難者
九泉之下不安啊！
難道陰陽兩界都等不到公平正義的誕生

等不到一個救贖？？
倭人不亡，死難者的救贖
永遠不會出現
活著的人
人人自危

因果終要有個解決
二十一世紀的中國人有個天命
應於本世紀中葉前
相機以核武消滅倭人
令其亡種亡族亡國
收該列島為中國之扶桑省
完成吾國在
元朝未完成的使命
同時以假道伐虢之策
武統台灣
這是中國最後一次統一
包含統一扶桑列島

從此以後
亞洲永久和平
亞洲各國女人們可以安心睡覺
不必擔心小倭鬼子來了
把你抓去當慰安婦
男人們不害怕死於荒野
或葬身太平洋
如是，那星星、月亮、太陽
笑得嘴巴合不攏
從此以後過著幸福美滿的日子

13、我將轉世再來，檢視天命

我是誰？
為何我能和三皇五帝通靈？
我是誰？
為何我知曉炎黃天機？
我是誰？
我的幾十年怎會等同中華五千年！
我是誰？
為何神州大地山河
存在我的一滴淚裡！
我是誰？
為何十四億中國人與我接心
我是誰？
那些死難者知道將可得救

救贖已然來臨
我是了知天命的人
中華民族的僕人

我來去匆匆
走了也不帶走一片雲彩
只隨自己的業路漂流
只把廿一世紀中國人的天命
留在人間
內化成炎黃的基因
完成天命之日
就是救贖時

我是誰？
我是我自己的國王
為一個救贖
而生、而行
而存在

而死
再轉世到神州某一人家
仍為自己的國王
只為檢視
一個救贖
一個中華民族的使命
中國人之天命
是否已經完成實踐？

輯　五　等待轉世的日子

到一個黃昏

等待轉世
等到一個黃昏
最美的是晚霞
今晚的月適合賞花
等一個人
共飲一壺酒
或許黎明
白馬就快飛過
駕馭馬的人不算太老
還能挺胸馳過
下一個黃昏
轉世的事再等等
我並不急
隨因緣而行

幻化

風雨已過
雪月不在
我不再爭雄如昔
一切有為法
終歸寂滅
列國爭霸亦滅

全都放下
時空也回到原點
宇宙回歸混沌
我化成灰燼後
未經我意識認證
俱不存在

等待轉世的日子

等待轉世的日子
人最悠閒
放下一切、一切放下
只見一些先行者
先我而去
親人、好友、死黨……

一個個走了
眾生都有所愛
愛因緣
星星愛夜晚
屍體愛棺材
我愛龍傳人

好想見佛

把等待當修行
修行不到家
悟不到禪
更不可能成佛
做夢也好
心想事成
想到這一去
定要到西天見佛
佛要普渡眾生很忙
何況我這凡夫
佛不一定會接見
沒關係可以等
再轉世再等

無怨無悔

等待轉世的日子
靜觀長江黃河水
依然東流
水勢已有幾分奈何
總的回顧這一世
無怨無悔
有過情人和仇人
該有都有
該悟也悟
最神奇是有一枝巨大的筆
豐富了歷史
寫盡愛恨情仇
喚醒龍族之天命
當我轉世的時候
這些都不帶走

之後

轉世之後
不再回頭
我知道
大家會有三天不適應
之後，清理遺物
能丟的丟
能留的留
會有一些問號
沒有密碼解不開
密碼被我藏在隨身衣袋
被一把火燒了
考古學家會去挖出來
公告天下

再看一眼江南煙雨

人生一輩子
總有最難忘的事
最值得懷念
是江南煙雨一段情
與可愛的情人
打一支小傘
沐浴愛的煙雨中
短暫傳奇的愛
足以穿透時空
懷念到下輩子
我倆相約
轉世到江南
沐一樣的煙雨
浴一樣的情愛

等船

在火中誕生
出生就聽到槍砲聲
如夢一瞬
一片落葉準備著
天命已了
就緩緩飄落
不驚動草叢中
尋愛的蝴蝶
地球所有發出的雜音
如殘陽遠去
我在寂靜中等船
好渡彼岸

詩人的眼睛

古來詩人
就是不同的眾生
演化論無解
從詩人的眼睛看出
什麼都是詩
包括死亡
死而不亡
因為有詩的加持
李白死了嗎？
杜甫死了嗎？
我現在還常碰到他倆
生死如詩
詩人用眼睛說

風雨都寂靜了

一個人坐在青草地
慢慢想一些事
往事如煙飄來散去
如夢斷斷續續
淡淡青草香
有些風雨仍在心中
顯得沈重
且力不從心
難以圓滿
現在憂傷已飄散
風雨都寂靜了
只有今晚的明月
與我共享寧靜

當一切都輕時

本來有幾十公斤
只剩幾十克
一切都輕了
輕如影子
可以隨風飄起
好又方便

當一切都輕時
駕風乘雲
游走神州山河
不坐飛機或高鐵
從心所欲
隨風飄向暮色

總結

總結一下這些年
到底幹了什麼
不外寫些風聲雨聲
雖寫了很多
差別只是聲音大小
如今回顧
什麼春秋大業
都成回憶裡
連接不上的蛛絲馬跡
這些年來許多風雨
已悄悄消失
總結剩下一張舊躺椅
還有眼前一片紅霞

流通三世的河

你是一條很不乖的河
不論你幾歲了
流過千百萬年的歷史長河
仍和小時一樣頑皮
長大又愛造反
無論如何總是母親
你養育龍族成長壯大
我的前世、今生和來世
都見證你為母則強
你是流通三世的河
從遠古
到現在奮然前行
正是龍族生生不息的象徵

走過鄉間小路

人老了
都在等待什麼
我在等一艘無底船
船未到
先到鄉間走走
似乎都是一些老路了
我悠然慢走
哼著小曲
把自己交給同行的輕風
隨風而行
風中竟沒有一點塵埃
原來我踏上了淨土

喝醉了

春秋大業都完成
給生命一個交待
要好好喝酒
以示慶祝
乘著轉世的等待
相約好友喝酒好
這晚和死黨
差一點醉倒天下
這個天下自古以來
像個醉漢
天天醉得東倒西歪
只有我沒醉

以熄滅探索生命

一盞燈點了這麼久
照耀幾十年
該休息了
以黑暗鼓舞世人
追求光明
現在緩緩熄滅
終於一團黑
吞食生命
生命發出最大迴響
啓動生生不息的機制
從轉世的窗口
找到新生命的出路
這是熄滅最大的意義

歲月如華

在每個季節
歲月如華
在胸前開放
不久凋零
隔著白霧般的歲月
感覺歲月如華的笑

只有茶和酒兩種味
可以詮釋歲月
詮釋你的笑意
大多時候
酒適合我
伴我捕住風聲的好友

當我老了

當我老了
就做遷徙的準備
只不過遷徙
那樣簡單
換套衣服
有點新鮮感

到淨土隱居
聽晨鐘暮鼓
半夜若月光來敲門
便備好酒
邀李白來共醉
直到月色也告別

等到春天

原本只是等待轉世
等到一個春天
真是撿到的
春天可熱鬧
看出去
滿山遍野是阿花
我的眼神
縱身一躍
佔個好位置賞花
溫潤的春水漾在心頭
春天真好
就再等一個春天吧

準備渡河

人生像一陣古怪的風
很難定於一說
無法詮釋
突然就把人吹到這岸邊
向下看
河水容顏不像長江黃河
遠處有一老者
渡著船過來
兩側樹林傳來歌聲
聽似迎賓曲
我向老者招手
他說你是下班船客人

走到一個渡口

經過許多大道小路
叢林羊腸
走的辛苦
收穫也多
現在走到這渡口
微風牽起情思
小坐片刻
一個回眸將一生
劃下一個句點
等著渡到彼岸
修行千年
再等因緣來接引

風花雪月

這輩子風花雪月
被我玩得神昏顛倒
淋漓酣暢
真是夠本了
所有一切吹起的風
盡被我捕入詩裡
有過最激情的花
清淡幽香的也擁入懷
偶有一些無名雪
很快被剷除
月是我三世的死黨
人生是一場
風花雪月進行曲

寫詩像做愛

寫了一輩子詩
歸結一個方法論
寫詩像做愛
捕捉靈感
是擁在懷裡的花
靈感一閃
高潮從筆管射向稿紙
爽啊！極品創作
需要好因緣的配合
完成了一件好作品
小喝一杯酒
這是詩人的浪漫

鏡花水月

說這輩子幹了多少件
春秋大業
都給歷史典藏
可當地球第六次大滅絕
過後，歷史在否？
往事成一堆影子
在他鄉和故鄉間游走
這一切有為法
竟如夢幻泡影
最後一刻想抓住花或月
都隱入鏡中水裡
彎腰撈起的是空無

如果

據說，一切有為法
乃至無為法
都是無常
那我為什麼在這裡等
萬一無船可渡
我是不是永不轉世
除非能自渡
或等到船了
不一定能到彼岸
萬一中間有異樣風景
所以無論渡或不渡
都渡向假設

無所住

房產地產早已不在名下
當一個最尊貴的
無產階級
哪裡都不想住了
如風無所住真好
還要進一步
不住愛恨情仇
不住酸甜苦辣
不住於色
就在這裡等一艘無底船
船上吹千孔笛的人
相約要永住西方

我不入地獄，誰入地獄？（一）

人身難得
本應為善
但人有七情六欲
一袋愛恨情仇
又有滿腹國仇家恨
民族大義衝天
戰爭哪有不死人
我一生有個天命
在喚醒龍族之天命
消滅倭人
令其亡種亡族亡國
這要死多少人？

我不入地獄，誰入地獄？（二）

要死多少人。
廿一世紀龍傳人有個天命
以核武消滅倭國
這是公平還債
合乎人權、公義
相較於倭人啓動
「第一次亡華之戰」
「第二次亡華之戰」
「第三次亡華之戰」
死傷千萬億
今倭國總人口抵債
剛剛好，合因果
可能還不夠

我不入地獄，誰入地獄？（三）

這是我的主張
在所有著作中大力宣揚
中國人要實踐這個天命
為亞洲、為全人類
為男人、為女人
完成天命
我是大壞蛋嗎？
如果有罪我承擔
為救中華民族
我不入地獄，誰入地獄？
到地獄謁見地藏菩薩
問道因果是否妄言？
倭國至今為何未亡？

逝與迴

滾滾長江水東流
像烈士赴義不止息
去了就逝
絕無再回

萬事都有終點
萬物必在歸宿裡安息

水到大海找到家
正想睡個好覺
天上熱氣來敲門
說要重複玩遊戲
只好再回長江水東流
萬法都在輪迴永不息

等待

以前的人
活到老做到老
老做到死
現在的人
很早就開始等
不知道在等什麼
等待轉世吧
幸好我在等待時
有一枝勤勞的筆伴我
我們是一輩子的鐵桿
她陪我轉世
我得謝她

所看到的

我看到的大海
不是大海
正在說法的仁者
我看到的山河
不是山河
正在講經的僧人
我聽懂他們的語言
他們講生和死
或二者都不是
這是我所看到的
你看到什麼
接引的船到了

陳福成著作全編總目

壹、兩岸關係

①決戰閏八月
②防衛大台灣
③解開兩岸十大弔詭
④大陸政策與兩岸關係

貳、國家安全

⑤國家安全與情治機關的弔詭
⑥國家安全與戰略關係
⑦國家安全論壇。

參、中國學四部曲

⑧中國歷代戰爭新詮
⑨中國近代黨派發展研究新詮
⑩中國政治思想新詮
⑪中國四大兵法家新詮：孫子、吳起、孫臏、孔明

肆、歷史、人類、文化、宗教、會黨

⑫神劍與屠刀
⑬中國神譜
⑭天帝教的中華文化意涵
⑮奴婢妾匪到革命家之路：復興廣播電台謝雪紅訪講錄
⑯洪門、青幫與哥老會研究

伍、詩〈現代詩、傳統詩〉、文學

⑰幻夢花開一江山
⑱赤縣行腳・神州心旅
⑲「外公」與「外婆」的詩
⑳尋找一座山
㉑春秋記實
㉒性情世界
㉓春秋詩選
㉔八方風雲性情世界
㉕古晟的誕生
㉖把腳印典藏在雲端
㉗從魯迅文學醫人魂救國魂說起
㉘六十後詩雜記詩集

陸、現代詩（詩人、詩社）研究

㉙三月詩會研究
㉚我們的春秋大業：三月詩會二十年別集
㉛中國當代平民詩人王學忠
㉜讀詩稗記
㉝嚴謹與浪漫之間
㉞一信詩學研究：解剖一隻九頭詩鵠
㉟囚徒
㊱胡爾泰現代詩臆說
㊲王學忠籲天詩錄

柒、春秋典型人物研究、遊記

㊳山西芮城劉焦智「鳳梅人」報研究
㊴在「鳳梅人」小橋上
㊵我所知道的孫大公

㊶為中華民族的生存發展進百書疏
㊷金秋六人行
㊸漸凍勇士陳宏

捌、小說、翻譯小說

㊹迷情・奇謀・輪迴、
㊺愛倫坡恐怖推理小說

玖、散文、論文、雜記、詩遊記、人生小品

㊻一個軍校生的台大閒情
㊼古道・秋風・瘦筆
㊽頓悟學習
㊾春秋正義
㊿公主與王子的夢幻、
(51)洄游的鮭魚
(52)男人和女人的情話真話
(53)台灣邊陲之美
(54)最自在的彩霞
(55)梁又平事件後

拾、回憶錄體

(56)五十不惑
(57)我的革命檔案
(58)台大教官興衰錄
(59)迷航記、
(60)最後一代書寫的身影
(61)我這輩子幹了什麼好事
(62)那些年我們是這樣寫情書的
(63)那些年我們是這樣談戀愛的
(64)台灣大學退休人員聯誼會第九屆理事長記實

拾壹、兵學、戰爭

(65)孫子實戰經驗研究
(66)第四波戰爭開山鼻祖賓拉登

拾貳、政治研究

(67)政治學方法論概說
(68)西洋政治思想史概述
(69)中國全民民主統一會北京行
(70)尋找理想國：中國式民主政治研究要綱

拾參、中國命運、喚醒國魂

(71)大浩劫後：日本 311 天譴說
日本問題的終極處理
(72)台大逸仙學會

拾肆、地方誌、地區研究

(73)台北公館台大地區考古・導覽
(74)台中開發史
(75)台北的前世今生
(76)台北公館地區開發史

拾伍、其他

(77)英文單字研究
(78)與君賞玩天地寬（文友評論）
(79)非常傳銷學
(80)新領導與管理實務

2015 年 9 月後新著

編號	書　　　名	出版社	出版時間	定價	字數（萬）	內容性質
81	一隻菜鳥的學佛初認識	文史哲	2015.09	460	12	學佛心得
82	海青青的天空	文史哲	2015.09	250	6	現代詩評
83	為播詩種與莊雲惠詩作初探	文史哲	2015.11	280	5	童詩、現代詩評
84	世界洪門歷史文化協會論壇	文史哲	2016.01	280	6	洪門活動紀錄
85	三搞統一：解剖共產黨、國民黨、民進黨怎樣搞統一	文史哲	2016.03	420	13	政治、統一
86	緣來艱辛非尋常－賞讀范揚松仿古體詩稿	文史哲	2016.04	400	9	詩、文學
87	大兵法家范蠡研究－商聖財神陶朱公傳奇	文史哲	2016.06	280	8	范蠡研究
88	典藏斷滅的文明：最後一代書寫身影的告別紀念	文史哲	2016.08	450	8	各種手稿
89	葉莎現代詩研究欣賞：靈山一朵花的美感	文史哲	2016.08	220	6	現代詩評
90	臺灣大學退休人員聯誼會第十屆理事長實記暨 2015～2016 重要事件簿	文史哲	2016.04	400	8	日記
91	我與當代中國大學圖書館的因緣	文史哲	2017.04	300	5	紀念狀
92	廣西參訪遊記（編著）	文史哲	2016.10	300	6	詩、遊記
93	中國鄉土詩人金土作品研究	文史哲	2017.12	420	11	文學研究
94	暇豫翻翻《揚子江》詩刊：蟾蜍山麓讀書瑣記	文史哲	2018.02	320	7	文學研究
95	我讀上海《海上詩刊》：中國歷史園林豫園詩話瑣記	文史哲	2018.03	320	6	文學研究
96	天帝教第二人間使命：上帝加持中國統一之努力	文史哲	2018.03	460	13	宗教
97	范蠡致富研究與學習：商聖財神之實務與操作	文史哲	2018.06	280	8	文學研究
98	光陰簡史：我的影像回憶錄現代詩集	文史哲	2018.07	360	6	詩、文學
99	光陰考古學：失落圖像考古現代詩集	文史哲	2018.08	460	7	詩、文學
100	鄭雅文現代詩之佛法衍繹	文史哲	2018.08	240	6	文學研究
101	林錫嘉現代詩賞析	文史哲	2018.08	420	10	文學研究
102	現代田園詩人許其正作品研析	文史哲	2018.08	520	12	文學研究
103	莫渝現代詩賞析	文史哲	2018.08	320	7	文學研究
104	陳寧貴現代詩研究	文史哲	2018.08	380	9	文學研究
105	曾美霞現代詩研析	文史哲	2018.08	360	7	文學研究
106	劉正偉現代詩賞析	文史哲	2018.08	400	9	文學研究
107	陳福成著作述評：他的寫作人生	文史哲	2018.08	420	9	文學研究
108	舉起文化使命的火把：彭正雄出版及交流一甲子	文史哲	2018.08	480	9	文學研究
109	我讀北京《黃埔》雜誌的筆記	文史哲	2018.10	400	9	文學研究
110	北京天津廊坊參訪紀實	文史哲	2019.12	420	8	遊記
111	觀自在綠蒂詩話：無住生詩的漂泊詩人	文史哲	2019.12	420	14	文學研究
112	中國詩歌墾拓者海青青：《牡丹園》和《中原歌壇》	文史哲	2020.06	580	6	詩、文學
113	走過這一世的證據：影像回顧現代詩集	文史哲	2020.06	580	6	詩、文學

114	這一是我們同路的證據：影像回顧現代詩題集	文史哲	2020.06	540	6	詩、文學
115	感動世界：感動三界故事詩集	文史哲	2020.06	360	4	詩、文學
116	印加最後的獨白：蟾蜍山萬盛草齋詩稿	文史哲	2020.06	400	5	詩、文學
117	台大遺境：失落圖像現代詩題集	文史哲	2020.09	580	6	詩、文學
118	中國鄉土詩人金土作品研究反響選集	文史哲	2020.10	360	4	詩、文學
119	夢幻泡影：金剛人生現代詩經	文史哲	2020.11	580	6	詩、文學
120	范蠡完勝三十六計：智謀之理論與全方位實務操作	文史哲	2020.11	880	39	戰略研究
121	我與當代中國大學圖書館的因緣（三）	文史哲	2021.01	580	6	詩、文學
122	這一世我們乘佛法行過神州大地：生身中國人的難得與光榮史詩	文史哲	2021.03	580	6	詩、文學
123	地瓜最後的獨白：陳福成長詩集	文史哲	2021.05	240	3	詩、文學
124	甘薯史記：陳福成超時空傳奇長詩劇	文史哲	2021.07	320	3	詩、文學
125	這一世只做好一件事：為中華民族留下一筆文化公共財	文史哲	2021.0.9	380	6	人生記事
126	龍族魂：陳福成籲天錄詩集	文史哲	2021.0.9	380	6	詩、文學

陳福成國防通識課程著編及其他作品

（各級學校教科書及其他）

編號	書　　名	出版社	教育部審定
1	國家安全概論（大學院校用）	幼　獅	民國 86 年
2	國家安全概述（高中職、專科用）	幼　獅	民國 86 年
3	國家安全概論（台灣大學專用書）	台　大	（臺大不送審）
4	軍事研究（大專院校用）	全　華	民國 95 年
5	國防通識（第一冊、高中學生用）	龍　騰	民國 94 年課程要綱
6	國防通識（第二冊、高中學生用）	龍　騰	同
7	國防通識（第三冊、高中學生用）	龍　騰	同
8	國防通識（第四冊、高中學生用）	龍　騰	同
9	國防通識（第一冊、教師專用）	龍　騰	同
10	國防通識（第二冊、教師專用）	龍　騰	同
11	國防通識（第三冊、教師專用）	龍　騰	同
12	國防通識（第四冊、教師專用）	龍　騰	同

註：上除編號 4，餘均非賣品，編號 4 至 12 均合著。